三國風雲人物傳 6

曹操的雄才大略

宋詒瑞 著

新雅文化事業有限公司
www.sunya.com.hk

目錄

人物介紹

曹操 生於大官之家，自小狂妄膽大、行事果斷。他性格豁達、自信，文武雙全，在政治、軍事及文學方面均大有成就。前期為漢室出生入死，後期挾天子以令諸侯，逐步為日後魏國建立奠定了基礎。

袁紹 曹操自小的好友，早期在討伐董卓的聯盟中，被推選為盟主。後來，與曹操演變成敵對關係。

劉備 三國時期蜀漢的開國君主。與張飛、關羽結為異姓兄弟。待人寬厚、謙恭，深得人心。

張遼

曹營的五子良將之一，多番為曹操出生入死，威震江東。重視忠義，英勇善戰，常身先士卒。

郭嘉

曾為袁紹效力，後來成為曹操的心腹謀士。雖體弱多病，但才華洋溢，總能出奇制勝。

袁尚

袁紹的幼子，與兄長袁譚因嗣位繼承問題而自相殘殺。

關羽

蜀國五虎將之一，與劉備、張飛結為異姓兄弟。性格勇猛剛毅，為人忠義雙全。

第一章
連連征戰滅強敵

征戰張繡

曹操把天子掌握在手，**位高權重**，於是進一步擴張勢力、稱霸天下的慾望便無限膨脹。他知道要面對的強敵也不少——在他北面有河北袁紹，南面有荊州劉表和南陽張繡，東南面有徐州呂布、淮南袁術、江東孫策，這都是他必須一一認真對待的。戰事首先在曹操與張繡之間發生。

武將張繡，是董卓手下將領張濟的姪子，跟着張濟為董卓效力，鎮壓

叛亂立了不少功，被奉為建忠將軍，封為宣威侯。張濟戰死後，張繡接管了張濟的軍隊，與劉表聯合，佔據宛城，成為割據北方的大軍閥之一。

公元197年，在曹操挾持獻帝的第二年，張繡揚言要攻下許都，劫走獻帝，曹操便先帶軍進攻宛城。張繡見曹軍**聲勢浩大**，知道自己力不能敵，便帶領全軍向曹操投降。但是剛遞上投降書，他就反悔了，因為曹操竟然迎娶張濟的遺孀為妻。張繡怎能忍受嬸嬸被辱之恥？

曹操知道張繡對他不滿，肯定會有所行動，便先來「挖牆腳」，那就

是張繡手下有一位「力能負五百斤，日行七百里」的壯士胡車兒，曹操很想把他弄到手，便送錢送禮拉攏他。這對張繡來說無疑是**火上加油**，他實在氣不過，與謀士商量後，差人灌醉了曹操的大將典章，偷走了他的兵器，對曹操來個突襲。

曹軍被殺個**措手不及**，護衛隊員差不多全被殺死。激戰中曹操長子曹昂被殺，典章拚命保護曹操，自己身受重傷，仍與敵兵肉搏，兩手各夾住一個敵兵奮戰，為曹操爭取出逃時間，最後**寡不敵眾**而戰死。曹操倉惶逃跑，退駐舞陽，重整隊伍迎戰追趕

而來的張繡。張繡見攻勢受阻，便退回穰城，曹操也暫時向北返回許都休整。

曹昂聰明溫和，曹操最喜愛這個兒子，打算培養他當接班人。這次宛城之戰給曹操打擊很大，不僅喪子，連最貼身的大將典韋和姪子曹安民也犧牲了，曹操氣憤之心難平，回到許都後稍作休整就要出兵攻打張繡。

雖有軍師荀攸勸喻，説張繡與劉表會聯合起來對付他們，但是曹操**報仇心切**，派出重兵把穰城團團圍住，劉表與張繡果然聯手迎戰。這時，曹操接到密報，説袁紹準備趁自己征伐

張繡時攻打許都，搶走獻帝。曹操一聽立刻撤兵要趕回許都，張繡不聽謀士賈詡的忠告，派兵追殺曹軍，遭到曹操安排的伏兵襲擊，張繡大敗。

但是，這時賈詡卻鼓勵張繡去追殺曹軍，張繡不明白。賈詡解釋說：「曹操**大張旗鼓**殺來穰城時，為何退兵？一定是他的老家出了問題，他那是有計劃的退兵，肯定布置了強兵埋伏，所以你去追殺**必敗無疑**。但現在他已打了勝仗，一心想趕回老家處理問題，只留下一些弱將斷後，我們就可以強兵出手打贏。」

張繡覺得他說得在理，馬上收拾

殘兵追趕曹軍，果然打了一個勝仗。

　　曹操和張繡如此斷斷續續打了三次，一直相持着。到了建安四年（公元199年），袁紹準備對付曹操，這兩股強勢的爭鬥**勢在必行**，袁紹想拉攏張繡來壯大自己力量，便派使者來商談，但是賈詡卻勸張繡加入曹操陣營。張繡大吃一驚，說：「我殺了曹操的兒子和大將，現在主動送上門去，他能放過我嗎？何況現在的形勢是袁紹強、曹操比他弱呀！」

　　賈詡分析道：「袁紹力量強，我們的兵力只是給他**錦上添花**，而給曹操卻是**雪中送炭**，他會珍視的。曹操

奉天子以令天下，是**名正言順**的，而且他胸懷大志，會不計私仇接納你，以此向天下樹立自己的正面形象。放心吧，他不會殺你的。」

張繡聽從了賈詡的建議，加盟曹操。曹操果然**不計前嫌**，親自出來迎接張繡，封他為揚武將軍，又讓自己的兒子曹均娶了張繡的女兒。曹操悄悄對賈詡說：「是你使我的信譽揚名天下啊！」賈詡被任命為皇城禁衛官，封都亭侯。

幾年征戰，曹操終於搞定了張繡，控制了荊州北部，消除了許都南面的威脅。

下邳殺呂

話說公元194年，呂布趁曹操攻打陶謙之時去打兗州，被曹操趕回來在濮陽把他打得**落花流水**，呂布就投奔劉備。曹操知道後非常生氣，謀士荀彧為他出了一個主意——讓獻帝下令正式任命劉備為徐州牧，但是附加條件是要他去殺了呂布，想以此來離間劉備和呂布，借劉備之手除掉呂布。

劉備出於仁義之心，沒有殺呂布。但是呂布卻是個忘恩負義、**朝三暮四**的小人，竟然於公元196年聯手袁術攻打劉備。劉備的實力不如呂布，初戰就打了敗仗，只好向曹操求救。

曹操營內有兩種意見，一種認為
劉備不可小看，以後肯定是個麻煩人
物，不如趁早除了他；另一種則覺得
應該收留劉備，可博得尊重賢人的好

名聲，而呂布卻是人人唾棄厭惡的小人，聯劉打呂是得人心的舉動。

曹操同意第二種意見，決定援助劉備。兩位謀士荀彧和郭嘉還指出曹操與袁紹的決戰是不可避免的，趁現在袁紹攻打公孫瓚的機會消滅呂布，以免以後呂布與袁紹聯合夾攻曹操。

正好此時朝廷見呂布與袁術聯手，擔心呂布的勢力變強，下令曹操征討呂布。曹操就撥給劉備人馬和糧草，於建安三年（公元198年）一起正式東征呂布。曹軍與呂布部隊幾次交戰，呂布慘敗，曹軍血洗彭城；徐州又被呂布的部下拱讓給曹軍，呂布只

好退到徐州南面的下邳。

下邳位於泗水和沂水交匯處，地勢險要。呂布困守城內不出戰，曹軍圍城三個月不戰，軍心漸漸**渙散**。曹操與謀士商量：「目前戰事陷入僵局，將士士氣低落，不如先退兵。」

荀攸和郭嘉都竭力反對退兵，郭嘉更想出一條妙計，就是引出泗水和沂水的河水灌城，曹操採納了。這下呂布被弄得非常**狼狽**，堅守了一個月之後終於熬不下去了，想要向曹操投降，但遭到主戰派陳宮的激烈反對。

正在此時，呂布的部將侯成因追回一名帶着十五匹戰馬打算投奔劉備

的士兵，就私自釀酒獵野豬，在營內聚眾大吃大喝慶祝，還向呂布獻上酒肉。兵營內是嚴禁釀酒的，侯成被呂布痛罵了一頓。他懷恨在心，於十二月發動叛亂，捉了首席參謀陳宮，率領士兵向曹操投降。

呂布在白門樓上望見城外**密密匝匝**的曹軍，知道已是沒有取勝的可能，本要手下部將殺了他獻給曹操，但是部將都下不了手，呂布只好自己投降。叛軍打開城門迎接曹軍進城，曹軍接管了一切軍務，在白門樓上審判呂布。

遭到**五花大綁**的呂布被帶到曹

操和劉備面前，呂布知道今天**大難臨頭**，完全喪失了以往彪悍無畏的英雄氣概，跪在曹操腳前求饒，説道：「呂布罪該萬死，但今後願跟隨將軍，率領騎兵配合將軍同打天下，為將軍**赴湯蹈火**萬死不辭……」他説盡花言巧語，只想保住一條命。

曹操用人是只看才能不計過往的，他深知呂布是一名難得的強將，以後確實能幫他南征北戰完成霸業，所以一時間也猶疑了，想叫手下為呂布鬆綁收留他。一旁的劉備着急了，趕快提醒曹操説：「將軍忘了呂布是怎麼對待他的兩位舊主丁原和董卓

嗎？忘了那兩人是怎麼死的嗎？」

曹操這才覺醒，想到呂布一貫的**無情無義**、**見利叛主**，可信度極低，是個不講忠誠不能信賴的人，留他在身邊無疑是埋下一顆禍種，不知哪天他就翻臉。於是，曹操最終下達處決呂布的命令，呂布被拉出去絞死後斬首示眾。呂布手下的武將張遼率眾歸降，從此成為曹操麾下一名猛將。

自此，曹操消滅了呂布的勢力，平定了徐州，解除了與袁紹爭霸的後顧之憂，是曹操日後對袁紹以弱勝強的因素之一。

密詔暗謀

劉備協助曹操消滅呂布有功，便和關羽、張飛在許都暫且安身。曹操帶他去見獻帝為他請功，獻帝聽説劉備是西漢中山靖王的後人，便查閱皇室宗族世譜，發現劉備是獻帝的叔輩，便尊稱他為皇叔，封宜城亭侯。曹操見皇上如此重視劉備，心中有些不舒服，但他並沒有把劉備視為對自己的威脅，而是想藉助他們三人的強武之力幫自己打天下，就上表劉備為左將軍，關羽和張飛為中郎將。

曹操自從挾持天子獨攬大權後，**日益驕橫**，並不把獻帝放在眼裏。

其實獻帝是一個為民着想的帝王，若是在太平時代，定能有所作為。但是現在獻帝被困在許都等於被軟禁了起來，不能施展抱負，這對一位年青皇帝來説，只能做一名他人手中的傀儡是很痛苦的事。

有一次，曹操陪同獻帝去打獵。眼見前面有一頭鹿，曹操毫不客氣地把獻帝手中的弓箭一把抓了過來，一箭飛去，射中了那頭鹿。因為皇帝的箭矢所用的是黃金象眼箭簇，所以隨行的大臣們都以為是獻帝射死了鹿，齊聲稱頌，高呼萬歲。這時，曹操竟不加解釋，堂而皇之地站在獻帝身前

接受眾人的歡呼。目睹曹操**飛揚跋扈**到如此地步，獻帝**憂心忡忡**，預料曹操遲早會篡權奪位。

於是獻帝與國舅董承商量如何除了曹操這個隱患。獻帝用血寫了一道密詔，夾在一條衣帶中，要董承帶出宮聯絡忠臣一起設法殺了曹操。獻帝特別提到剛相認的皇叔劉備，覺得他忠厚可靠，是個可依賴的對象。

一天晚上，董承去見劉備，與他商談此事。起初劉備摸不清國舅所說是真是假，懷疑是否來探測自己的忠誠，所以不敢明確表態。後來董承出示了皇帝的血詔，劉備**痛哭流涕**，發

誓要為皇室赴湯蹈火，尋找機會鋤奸保皇上保漢室！

董承和劉備分頭聯絡一些忠義之士，擬就了一份名單，各人也都簽署作實。

劉備擔心曹操看出他的心思，就整天在菜園裏種植蔬果。曹操表面上不太理會劉備，其實很留意他的行動。見劉備整日無所事事，只是在菜園耕作，就想找機會試探他。

有一天，曹操差人叫劉備去他住處，劉備心裏很**忐忑不安**，不知曹操為何事找他。

曹操在自家梅園與劉備見面，

說：「正是梅樹盛結青梅的時節，請你來一起賞梅飲酒。」

曹操請劉備坐下飲酒，為了讓他消除警戒心，還給他講了去年征伐張繡時的一個故事：「那個夏天，我帶軍走了很久，士兵水壺裏的水都喝完了，個個飢渴難忍，**精疲力竭**。眼看士氣低落，行軍緩慢，我就心生一計，揮鞭指着前方大喊：『前面有一片梅林，樹上結滿青梅，大家加油往前趕，很快就到了！』這計還真靈，士兵們口生津液，雙眼放光，腳步加快，很快就走出困境找到水源！」

劉備陪笑說：「將軍**急中生智**，

使士兵**望梅止渴**，真是帶兵有方！」

隨即，曹操望着天上的雲朵試探地說：「雲朵的變幻無窮，就好比世上真英雄的能耐，能升能降，能隱能現。據皇叔看，當今世上誰可稱得上是真英雄？」

劉備隨口說了淮南袁術、河北袁紹、荊州劉表、江東孫策……曹操料到劉備會如此回答，就笑着一一駁回，評他們**徒有虛名、外強中乾**、胸無大志……都稱不上是英雄。

逼上梁山的劉備就問：「依將軍看，誰能當這英雄的稱號呢？」

曹操**單刀直入**，手指劉備和自

己説：「當今只有你我兩人是英雄啊！」説罷，面帶奸笑，兩眼**直勾勾**盯着對方。劉備聽了一驚，手中筷子跌落地上。恰在此時天上雷聲大作，劉備就説：「這平地一聲雷把我的筷子都震掉了！」

曹操覺察到劉備的驚慌，雖然他及時的解釋也說得過去，但曹操還是對他有了戒心。劉備也意識到這一點，便對關羽和張飛說**此地不能久留**了，要儘早離開。正好過了不久，袁術將途徑徐州去投靠袁紹，曹操擔心袁氏兄弟聯手，想派人去截擊，劉備就趁機主動提出帶兵去對付袁術，曹操沒多加思索就同意了。郭嘉和程昱知道此事後，料定劉備是有去無回，曹操這才**恍然大悟**，再派兵去叫劉備撤兵，但已經**無濟於事**。

劉備一行帶兵離開許都開往徐州，打敗了袁術，也殺了駐守徐州的

曹營將軍，劉備重新擔任徐州牧。曹操大怒。

建安五年（公元200年），董承的抗曹聯盟中有人向曹操告密，曹操在董承家搜出藏在玉飾腰帶中的詔書和名單，殺性大發，殺了董承等五人及他們的家屬七百多人。曹操得知這個陰謀中劉備也有份，更是**怒火中燒**，馬上派兵攻打徐州。

劉備哪裏是他的對手，只好去青州投奔袁紹。混戰中劉備與妻小失散，張飛帶部分士兵逃向芒碭山，關羽因為保護劉備的家屬而未能遠逃，只好**委曲求全**暫時投降了曹操。

　　曹操很器重關羽，敬佩他的重情義，很想把他拉到自己的陣營，就領他拜見了獻帝，封為偏將軍。但是關羽難忘桃園結義的兄弟之情，便與曹操**約法三章**，他説：「我這是投降漢

朝皇帝，不是投降你曹操；你必須善待我大哥的兩位夫人，保障她們的安全；只要我得到大哥的消息，你就要讓我離開。」

曹操竟然一一答應了關羽的要求，並厚待他。曹操為關羽及劉備的夫人另闢一處宅院居住，贈送關羽一件錦袍和呂布的坐騎赤兔馬，還有很多金銀財物，企圖利誘他歸順。

第二章
官渡一戰平北方

初勝白馬

建安二年（公元197年）袁術在壽春稱帝，他的**倒行逆施**遭到諸侯們的圍攻，當時，孫策、呂布、曹操、劉備都出兵攻打。袁術連連戰敗，想北上投靠袁紹，在途中嘔血而死。

公元199年，袁紹平定黑山諸賊，入侵青州；又徹底打敗他的北方勁敵公孫瓚，勢力達到青、幽、冀、并四州，兵力有數十萬，達到了**鼎盛時期**，也是到了他與曹操決戰的時刻了。

　　袁紹和曹操，本是髮小和盟友，在羣雄爭霸戰中，曹操的起點是很低的。袁紹擔任反董聯盟盟主時，曹操僅僅是個沒有自己地盤的驍騎校尉。之後的混戰，袁紹的注意力主要在北方，黃河以南的戰事都交給曹操。他還要曹操為他除掉張邈、孔融等人，把曹操視作**鏟除異己**的工具。曹操早就看出袁紹驕傲自大，沒把自己放在眼裏，對他提防幾分。

　　曹操奉迎天子後，成為大將軍，是軍事最高統帥，而袁紹被封為太尉，位在曹操之下。這使袁紹非常生氣，大吼道：「曹操這傢伙，要不是

我救了他，他早就死過幾次了。現在居然爬到我頭上要命令我？**休想！**」

袁紹拒不接受太尉之職，曹操想不到袁紹的反應如此激烈，當時他的力量還不夠與之抗衡，只得妥協。曹操讓出大將軍位置給袁紹，自己退為司空（監察首長），並代理車騎將軍。

袁紹為了便於控制獻帝，向曹操提出要把朝廷遷到離他較近的鄄城，但被曹操拒絕。袁紹覺得曹操不像以前那麼聽話易調動了，便**懷恨在心**，想要奪得天下自立為帝。

建安四年（公元199年），袁紹

準備了數萬大軍要攻打許都的消息已經**不脛而走、路人皆知**。官員及將領們都懼於袁紹的強大軍力而憂心忡忡。

將領會上，孔融就說：「袁紹兵強馬壯，身邊有田豐、許攸參謀，打仗有顏良、文醜出陣，恐怕我們抵擋不了。」

曹操的謀士荀彧分析說：「田豐和許攸分別屬於冀州派和汝潁派，一向不和，所以袁紹遇事總被他們牽累得猶疑不決；那兩名大將不過是**匹夫之勇**，軍隊的整體素質不強，軍紀也差，不必懼怕。」

　　曹操深知袁紹有野心但缺智慧，手下將領心不齊，徒有幾十萬兵馬，不是他們曹軍的對手。曹操着手布防，派兵進入青州守住東方，又屯兵黃河沿岸，自己在許都派兵駐守官渡。

　　為了彰顯自己攻打曹操的行動是**替天行道**，袁紹命令文官陳琳寫了一篇《為袁紹檄豫州文》，這是一篇歷史上有名的檄文，文中從曹操祖宗幾代說起，**淋漓盡致**地把他們野心勃勃欺君奪權的罪行一一數來，公諸天下，煽動性極強。

　　曹操本有頭痛病，那幾天正在發病，這篇檄文看得他發出一身冷汗，

41

盛怒之下頭突然不痛了！但是他怎能忍受這**奇恥大辱**，發誓說：「一定要生擒陳琳這畜生！」

面對袁紹大軍的凌厲挑戰，曹操心中又開始緊張，郭嘉便列舉出十條理由證明「公有十勝，紹有十敗」，

歸納為著名的「**十勝十敗論**」，使曹操的鬥志大為振作。

曹操受到鼓舞，這才敢接受袁紹的挑戰。他把十萬大軍兵分三路，親自帶領五萬人馬出戰，在黃河南岸的白馬紮營。

在江東發展迅速的孫策見曹操與袁紹大戰在即，便打算趁機襲擊許都，也來一個挾天子以令諸侯。曹操接到這個情報後**心緒不寧**，考慮要不要分散兵力來對付孫策，但是**料事如神**的郭嘉卻淡定地說：「將軍放心，孫策他來不了，他最近樹敵太多，命不長了！」果然，孫策還沒來得及動手，在一次

單騎出行時被刺客暗殺了。

建安五年（公元200年），袁紹派遣大將顏良攻打白馬，兩軍對峙。袁軍聲勢浩大，顏良連連砍殺了曹軍兩名大將軍，曹操的謀士程昱建議派關羽出陣，曹操擔心地說：「關羽立功後會不會要求離開？」

程昱回答說：「依關羽之力，能對付袁軍，這樣可使袁紹痛恨劉備而除之，這不就幫了我們嗎？關羽與您有約在先，暫時不會走。」

於是，曹操請關羽上陣。關羽翻身上了赤兔馬，手提青龍偃月刀，直衝向袁軍，趁顏良**措手不及**，一刀砍

下顏良首級。沒了將領，袁軍潰不成軍，曹軍如入**無人之境**，獲得大勝。

顏良被斬，與他親如兄弟的另一大將文醜要求出陣報仇，袁紹也是報仇心切，撥給文醜七萬兵力，讓他去追擊曹操。

曹操打贏了白馬這一仗，卻沒有駐守白馬，而是往西南向官渡退去。這次曹操使用**智取**。他親自帶領騎兵解鞍下馬，坐在山坡的草地上休息，讓馬匹悠閒地吃草，又把從白馬撤回的糧草輜重散落在路上。文醜帶領的袁軍先鋒部隊見到前面都是兵器、馬匹、糧食，起了貪念，正當士兵們忙

於收集這些物資時，曹操命令六百名精銳騎兵迅速上馬向袁軍進攻。

文醜發現中了圈套，立刻整隊反擊，勇猛的他起初還打得曹軍兩將張遼和徐晃幾乎**招架不住**。正在危急之時，關羽旋風般飛馳而至，把文醜斬下馬來，曹軍**一鼓作氣**追擊，把袁軍趕回到黃河邊的陽武。

　　袁紹一連喪失了兩員愛將，悲憤不已，怪罪劉備。劉備好言安慰，說自己要寫信給關羽叫他加入袁營。關羽接到信，知道劉備在袁紹那裏，便留下曹操的所有贈物，只騎上赤兔馬，帶了兩位劉夫人出走，一路上**過五關斬六將**，驚險萬分。劉關張三人終於在黃河邊的古城團聚。

官渡滅袁

　　白馬一役只是前哨戰。曹操雖然得勝，但是整體來說兵力還是比袁軍差得多，只約佔袁軍的十分之一，無力發動全面攻擊。

　　袁紹這邊，喪失了兩員大將，劉備也離開了，士氣大挫。謀士田豐對袁紹說：「現在宜靜守等待天時，不可**輕舉妄動**。」但是袁紹**求勝心切**，不聽田豐勸告，決定開戰。

　　袁紹把七十萬兵力布置在陽武，在東南西北四個方向安營紮寨。曹操留下荀彧留守許都，自己帶兵到陽武南面的官渡布置好陣勢，堅守陣地。

　　在白馬，雙方打的是**游移不定**的運動戰，但是在官渡這平原地帶，就是一場陣地戰了。兩軍對峙了月餘，袁紹的謀士們原本主張要盡量拖延時間打持久戰，消耗曹軍的糧草貯備後

再動手，但是自信的袁紹卻**迫不及待**要開戰。

八月時，袁紹拔營推進到官渡一帶，擺開了數十里長的軍營。軍師審配獻計，在陣前堆砌了五十多座土山，上面架起高櫓。九月開始進攻，弓箭手在土山的櫓上居高臨下射箭，箭如雨下，**勢不可擋**；曹軍士兵要手執盾牌擋箭，前進不得，狼狽不堪。

曹操的軍師劉曄發明了一種能移動的霹靂車，利用槓桿原理可把十公斤重的石彈準確投擲到十米遠的目標，威力很大，結果把袁軍的射箭櫓台全部摧毀。

　　袁軍軍師審配又生一計——來個地道戰，派兵暗挖地道要直通曹軍營地。但被曹軍察覺了，劉曄設計挖了不少橫溝，破壞了袁軍的地道。

　　如此雙方又陷入膠着狀態。日子一長，曹軍的糧草不夠用了。曹操曾想放棄官渡撤回許都，留守許都的荀彧寫信給曹操，認為目前曹軍已經以弱力牽制強敵，應該堅持下去，必有適當時機可**出奇制勝**。曹操受到鼓舞，命令士兵加強防禦工事，繼續堅守。

　　為了穩定軍心，曹操採納了糧官的建議，用小斛*代替大斛來分糧，這

*斛：舊時的量器，方形，口小、底大，一斛可容十斗。

樣可以多支撐幾天。

不過士兵每日的口糧少了，幾天後**大吵大鬧**，説是糧官剋扣了他們的糧食。曹操對糧官説：「我要借你一樣東西來度過這次難關。」糧官表示沒問題，一定效勞。

曹操説：「好吧，借你的頭一用。」説着拔出劍來殺了糧官，把他的頭掛在軍營門口，寫着罪名是「私自用小斛分糧，貪污軍糧」。這一招總算稍稍平息了士兵的憤怒。

但是糧食問題還是沒有得到根本解決，曹操就派人送信到許都催荀彧快點送糧。信使被袁軍捉到，謀士許

攸見信後對袁紹說：「看來曹操在官渡快糧絕了，我們現在兵分兩路進攻官渡和許都，是好機會，曹操顧不了兩頭。」

這本是一個很好的計劃，但是袁紹卻說：「說不定這是曹操故意設計的一個**陷阱**呢！」袁紹不但沒有採納，更對自幼與曹操交好的許攸起疑，加上審配趁機**誣衊**許攸，說他以前在冀州受賄，並逮捕了許攸的家屬。許攸一氣之下就投奔老朋友曹操。

這時曹操正脫了靴子要睡，聽說許攸前來投靠，高興得來不及穿鞋就跑出來迎接。許攸直率地問曹操：

「你的軍糧還能支持多久？」曹操說：「還可用一年。」許攸知道他沒有說實話，生氣地說：「我誠心來幫你，你卻騙我，看來我來錯了！」說着就要往外走。曹操趕緊拉住他：

「老實告訴你，糧食就只夠這個月了，你看怎麼辦？」

許攸提供了重要情報：「袁紹有一萬車軍糧囤在烏巢，守將淳于瓊是個酒鬼。你只要燒了這批糧食，勝利就是你的了！」

第二天夜晚，曹操親自帶領五千人馬，喬裝成袁軍士兵，夜色中向烏巢進發，一路騙過了巡邏隊和檢查站。抵達烏巢後，曹軍放火燒糧倉，烏巢陷於一片火海，曹軍與約萬名守倉的袁兵激戰。袁紹緊急應變，命大將張郃和高覽帶重兵進攻官渡的曹軍大本營，並派一支輕騎兵前去救援烏

巢。

曹操在烏巢大破袁軍，殺了守將淳于瓊，斬下袁紹將令韓莒子、趙叡等人的首級，燒盡了袁軍囤糧，俘虜了一千多名袁兵。這次曹操使用了殘酷的**心理戰**手段，他下令把袁兵的鼻子、馬匹和運貨牛隻的唇舌都割去，再把他們趕回袁營，用以驚嚇袁軍士兵。袁軍將士果然大驚。

袁紹臣相內部向來**矛盾重重**。奉命前去進攻官渡的張郃和高覽，被袁紹的重臣郭圖誣告有謀反企圖，袁紹信以為真，下令逮捕他們。兩人就在**陣前倒戈**，投降了官渡守將曹洪，並

燒毀了所有攻城工具，給予袁營沉重打擊。

袁紹部隊已經**土崩瓦解**。曹軍一邊追擊潰軍，一邊沿路撿拾物資。袁

紹和兒子袁譚在幾百名騎兵保護下倉惶渡河逃走。曹軍接收了大批軍械物資，坑殺了七萬多名投降的袁兵。官渡之戰以曹操大勝告終。

袁紹的文官陳琳被曹操俘虜，曹操親自審問他：「我知道自己的所作所為已經樹敵無數，你寫檄文罵我可以，為何還要罵我的祖宗八代？」

陳琳見曹操怒氣沖天，知道今天性命難保，急中生智，無奈地說：「唉，**箭在弦上，不得不發**啊！」

曹操是個愛才的人，就因陳琳這句應急的話**刀下留情**，沒有殺他，反而留他在身邊成為文官加以重用，日

後陳琳為他撰寫了不少公文。

這時，荀彧建議曹操要趁袁紹大敗，尚未收攏人心重整軍隊之時，立即追殺，給予致命一擊。於是，曹操在次年（公元201年）四月率軍沿黃河前進，擊敗了駐守在倉亭的袁軍。袁紹自官渡一戰後，悲憤憂傷過度，健康狀況**急轉直下**，吐血不止，終於在公元202年五月病逝，享年四十九歲。

雖然曹操與袁紹由好友變成敵人，但袁紹身故後，曹操還是在他墓前難過得落淚。

漁翁得利

　　袁紹有三個兒子——長子袁譚、次子袁熙和三子袁尚。袁紹生前沒有定下繼承人，引致兒子爭位，這就埋下了日後袁氏被曹操傾覆的**禍根**。

袁紹偏愛幼子。他明知不能違反規矩撇開長子**立嗣**,便藉口考察兒子們的才能,把袁譚派去青州當刺史,袁熙為幽州刺史,袁尚則留在鄴城。

袁紹臨終時,袁譚和袁熙都不在,袁尚生母劉氏就聯同總參謀審配發布公告,宣稱按照袁紹遺願確定袁尚為繼承人。這份公告在袁營內部引起**軒然大波**,支持袁譚的副參謀郭圖一派,揚言袁紹遺願是假造的。袁譚得到消息後連忙從青州趕回鄴城,但為時已晚,只好眼睜睜看三弟掌權。

袁譚爭位失敗,自稱車騎將軍,屯兵黎陽,要求袁尚增加他的兵力以

對付曹操，但是袁尚擔心他兵力強大後就來篡權，沒有答應。九月，曹操帶兵渡河攻黎陽，袁譚再次向袁尚求援，這次袁尚才親自率軍前來與袁譚一起作戰，但是兄弟倆連遭失敗，只得退回原地。

袁尚的部隊聯合南匈奴部族攻克了河東郡，一連拿下好幾個城鎮，與青、幽、冀三州的袁軍、關中地區的馬騰以及荊州的劉表對曹操形成了一個包圍圈。曹操派去圍攻南匈奴的部隊**腹背受敵**，北方戰線的布局受到了很大打擊。

曹操派出密使成功勸說馬騰馬超

父子陣前倒戈，轉向支持曹軍共同對抗袁軍，粉碎了袁尚對曹操的包圍計劃。如此，袁營就進一步陷入了滅亡的危機。

次年（公元203年）二月，曹操又發動了對黎陽的攻勢，袁尚袁譚合力對抗，大敗，逃回本部鄴城。曹操本想**乘勝追擊**，但是郭嘉卻不同意，他說：「每當我們攻打袁營，袁氏兄弟就聯手對抗。但是他們之間為了繼位之事矛盾深重，遲早還會內鬥。如果現在我們進逼太急，他們就會團結起來；我們不如暫時放鬆，他們喪失了警惕就會開始內鬥，到時我們再進攻就容易

取勝了。」曹操認為郭嘉說得很有道理，便停止進攻鄴城，把注意力轉向荊州，自己返回許都。

果然，袁氏兄弟開始武力相鬥了——袁譚要求袁尚增補他的兵力和裝備，但是袁尚沒有應允。袁譚大怒，認為袁尚故意為難他，要削弱他的軍力，竟出兵攻打鄴城。袁尚的部隊設備精良，兵力又足，把袁譚打得大敗，又追殺到南皮，袁譚退到平原城，被袁尚軍隊包圍。荊州劉表本想調停雙方，但沒有成功。袁譚無奈之下，派使者辛毗向曹操求助。

辛毗來見曹操，曹操聽後，不禁

哈哈大笑：「這弟兄倆竟相鬥到這種地步，我可不就漁人得利？好吧，就待我來收拾這局面！」

　　曹操本來是打算拿下南面劉表的荊州地盤，很多將領也想立刻完成

這個看來很易到手的計劃，但是荀攸卻説：「我們應該趁這兄弟倆內鬥之際，進軍消滅袁氏勢力。如果袁尚打贏了袁譚，力量變得強大，就不易對付了。」

曹操同意，便停下了對荊州的軍事行動，十月間發兵去黎陽支援袁譚，還讓自己一個兒子迎娶袁譚的女兒，以示雙方聯盟關係穩定。袁尚見此，撤回了對袁譚的包圍，避免與曹操正面對抗，退回鄴城。

眼見曹操暫時無攻勢，袁尚於公元204年二月，留下審配守鄴城，自己領兵又對平原城的袁譚發起進攻。

曹操見鄴城空虛，便派部隊開到鄴城下，建土山挖地道攻城。他親自率軍切斷袁軍西北方的援軍和運糧道，孤立鄴城。袁氏轄下的幾個城鎮見曹軍攻勢猛烈，紛紛投誠，曹操都給予厚待，封侯重賞，以**收攏人心**。

曹軍在鄴城外圍挖掘了四十多里長的壕溝，寬深各二丈，引漳河水入溝，這樣就堵塞了鄴城與外界的來往，城內糧食斷絕，很多居民餓死，情況危急。

袁尚親領一萬人馬救援鄴城，城內守將審配也出戰配合，企圖內外夾攻曹軍。但是曹操以強大兵力分別對

付袁尚和審配，打得審配退回城內，袁尚退到祁山。在曹操的強烈攻勢下援軍的多名將領投降，袁尚逃往郡國中山國。

　　防守鄴城東門的審配姪子審榮投降了曹軍，開門放曹軍進城，審配被捕後不肯投降被斬。九月，獻帝任命曹操兼任冀州牧。曹操辭去兗州牧一職，正式入駐鄴城，建立大本營。

　　投靠曹操的袁譚後來趁曹操圍攻鄴城時**叛變**，掠取了幾個城鎮，又攻擊退守中山國的袁尚，袁尚只好去幽州投靠二弟袁熙。次年一月，曹操進攻平原城，逼得袁譚退到南皮；曹操追殺到南皮，經過激戰攻破了城廓，殺了袁譚和郭圖，進軍幽州。袁熙的部下叛變，袁熙和袁尚逃亡烏桓。

　　這時劉備已經投奔了劉表，曹操

擔心劉備會慫恿劉表進攻許都，就想撤兵回去。此時郭嘉極力反對撤兵，說：「劉表一向做事猶疑不決，而且他對劉備是有戒心的，不會聽從他的意見。我們現在應該一鼓作氣追擊袁尚，不讓他緩過氣來，如果袁尚得到烏桓部落的幫助，我們在北方的麻煩就大了。」曹操聽從了郭嘉的意見。

出征烏桓

建安十二年（公元207年），曹操親領大軍遠征烏桓，正值遼西、幽州一帶是夏季暴雨季節，道路泥濘難行，曹操無計可施，正想撤退，此

時嚮導提供了一條無人行走的百年古道，曹軍便**佯裝**撤退，打算從古道突擊烏桓各部落的聯軍。但是行走古道要**披荊斬棘**，步步開路而行，沒有糧食就殺馬充飢，沒有水喝便要就地挖井，是曹操一生中最艱難的一次戰役。最終曹操派猛將張遼、張郃衝鋒，以寡勝眾，烏桓二十萬聯軍土崩瓦解。袁尚和袁熙混亂中帶領數千騎兵奔往遼東，投靠太守公孫康。

公孫康身處邊遠的遼東，一向不服從曹操。曹操的部將們就建議可追擊袁氏兄弟，順便滅了公孫康，平定遼東。

　　曹操胸有成竹地說：「大家放心，我們不必**勞師動眾**遠征，這件事用不到我動手，過不久公孫康就會獻上袁氏兄弟的人頭！」

　　公孫康見曹操沒有追殺過來，知道自己留下袁氏兄弟會得罪曹操，以後總會惹來麻煩，便設計殺了袁尚和袁熙，差人把二人人頭送到曹營。

　　眾將都佩服曹操料事如神，曹操解釋說：「如果我們當時立刻追殺過去，公孫康一定會聯同袁氏兄弟來對抗；其實他是怕袁氏會吞併他，所以我們不用動兵，只要等他們**自相殘殺**就行了。」

　　至此，曹操徹底消滅了袁紹集團，統一了北部，**穩坐了北方天下**。

　　但是郭嘉卻在從烏桓返回途中染上瘟疫病逝，使曹操痛心不已。郭嘉臨死前還在為曹操**出謀獻策**。曹操性格比較急躁，多虧郭嘉在身邊一再提醒他要**審時度勢**，要耐心等待最有利的時機，才得以取得一次次勝利。

　　曹操和郭嘉兩人互相了解，**惺惺相惜**，原本曹操想自己死後託孤給郭嘉，可惜郭嘉在三十八歲時就英年早逝，對曹操的事業來說是一大損失。

第三章
赤壁大戰鎩羽歸

南征荊州

早在公元203年，曹操帶軍自鄴城撤回後，經過三個月的休整，就開始部署對荊州劉表的進攻，後來因為去了援助在平原受困的袁譚而擱置了行動計劃。

在公元207年，曹操北伐烏桓期間，投靠劉表的劉備曾經建議劉表再次襲擊許都，但劉表一向缺乏果斷力，猶疑不決失去了機會。等曹操**凱旋**回到許都，劉表深感懊悔。

　　劉備駐兵在新野，他用心治理地方，很得人心，劉表也很信任他，有事常與他商量。一天，劉表向劉備談到繼承人的事，劉備勸他不能廢長子劉琦而立二兒劉琮，惹怒了劉琮生母蔡夫人，幾乎因此喪命，但在逃命路上結識了名士徐庶，聘請他為軍師。

　　這邊廂，曹操為了訓練士兵適應南方的水上戰鬥，展開了一項名為「玄武池」的軍事工程，即是開挖一個巨大的人工湖，訓練士兵的游泳技能，為南下水鄉進攻東吳和荊州作準備。曹操首先派出曹仁為主將，偷襲劉備的新野軍營，誰知徐庶早有準

備，安排了趙雲帶兵埋伏在軍營痛擊曹仁，還同時派關羽搶佔了曹仁的根據地樊城。曹仁只好**灰溜溜**地回許都向曹操請罪。

曹操沒有責怪曹仁，但是打聽到這都是劉備的新軍師徐庶所安排的，

驚為天人，便動腦筋要把這位能人挖到自己身邊來。徐庶以孝順寡母出名，曹操便捉了徐母，要她寫信叫徐庶來曹營。徐母很有骨氣，信中寫道「你千萬不要來許都……」，卻被曹操刪了一字，篡改為「你千萬要來許都……」。

徐庶見信後只得告別劉備前往曹營，但臨走前向劉備推薦了隆中的臥龍先生諸葛亮來替代自己輔助他。徐母見兒子受騙趕來，氣憤得自縊而死。徐庶**悲憤交加**，他一心維護漢室，自有分寸，此後在曹營數十年從未向曹操獻策，留下了「**徐庶進曹**

營——一言不發」的歇後語。

曹操知道劉備在新野大力練兵，就決定先消滅這個阻擋他攻克荊州的隱患。公元202年，劉表趁曹操北上攻打袁尚時，派劉備偷襲許都。曹操見許都告急，派夏侯惇為都督，帶兵三萬直撲新野反擊，揚言要活捉劉備和諸葛亮，並駐軍在**地勢險要**的博望坡。

新任軍師諸葛亮這次施展了他的才智。他安排一路人馬假裝敗於夏侯惇，把曹軍引到狹窄的博望山谷，進入關羽和張飛的埋伏圈；然後放火燒曹軍，以及隨後的糧草隊和博望的糧

庫，劉備大軍僅以三千人打敗了三萬曹軍，獲得大勝。夏侯惇幸得後援部隊趕到，救他**脫離險境**。這次博望坡失利使曹操大怒。

到了公元208年，曹操消滅了袁氏家族，成為北方的霸主，就把眼光和行動都轉向南方了。他親領五十萬大軍南下，不但要奪得荊州，消滅劉備，還要一併解決東吳孫權。

同年六月，朝廷宣布大改制，撤銷最高權力的三公（司徒、司空、太尉），恢復西漢設置的丞相和御史大夫。曹操被任命為丞相，統管全國事務，權力更上一層。

　　曹軍在出征路上，年老多病的劉表逝世，蔡夫人立自己的兒子劉琮為荊州刺史，長子劉琦為避免被暗害，主動申請調駐東面的江夏。

　　曹軍分五路南進，曹仁率領的先鋒部隊逼近新野。劉備放棄新野，退守樊城，輾轉逃向江陵，沿途帶着十幾萬百姓撤退，行軍速度緩慢，一天只能走十幾里路。曹軍在新野遇到諸葛亮安排的趙雲帶兵抵擋，關羽又在渭水邊泄洪阻攔，進攻受到了拖延，使劉備一行得以向江陵逃去。

　　膽小的劉琮見曹操大軍開來，早就嚇破了膽。由蔡夫人和舅父蔡瑁出

面向曹操談判，投降的條件是要曹操答允讓劉琮繼續當刺史。但是曹操一進襄陽就派劉琮去當青州刺史，然後在劉琮和蔡夫人前往青州的路上，派人殺害了他們。

曹操佔領了荊州的新野、樊城、襄陽，擔心劉備會佔領軍事要地江陵，就繼續南進追殺，終於在長坂坡前追上了劉備的逃亡大軍，發生了一場混戰。曹軍打亂了劉備部隊，但劉備**死裏逃生**，被劉琦的援軍護送乘船去江夏。

接着，曹操向東進軍，逼近長江下游的東吳。

劉孫聯手

曹操南攻**大捷**，佔領了江陵和荊州南面四郡，收編了七、八萬名荊州軍，還獲得大批軍用物資，駐兵江陵，**氣勢如虹**。他擔心劉備聯合孫權來對付他，便給孫權發了一份戰書，聲稱帶領八十萬大軍要來收拾東吳。

孫策之前因遇刺傷重而亡，弟弟孫權接手，由大將周瑜和兩位大臣魯肅、張昭協助，駐軍柴桑。孫權收到戰書後忐忑不安，便派魯肅藉口為劉表吊喪到江夏去見劉備，看看是否有可能聯手抗曹。正好劉備和諸葛亮也有此意，雙方**一拍就合**，諸葛亮便跟

魯肅一起去柴桑。

但是雙方聯合抗曹的過程並不順利。東吳的絕大部分將領和大臣都是投降派，他們被曹軍的氣勢嚇壞了，認為曹操已經掌握了天下三分之二，而劉備卻**一無所成**，不同意聯劉抗曹。諸葛亮**費盡口舌**駁斥了文武大臣的投降論，又去見猶疑不決的孫權，向他分析曹軍的不利因素和劉孫聯手抗曹的有利條件。

一席話打動了孫權，增強他對抗曹操的信心。他把在訓練水軍的大將周瑜召回來，任命為大都督，是此次軍事行動的最高統帥，率領三萬水軍。諸

葛亮繼續留在東吳協助周瑜。

劉備派出趙雲、關羽和張飛各帶一路人馬前去支援東吳及攔截曹軍。周瑜和劉備的聯合水軍與曹軍都到了赤壁，分別在長江南北岸泊定**對峙**。

周瑜見諸葛亮**年少聰慧**，心中暗暗妒忌。他對諸葛亮說，水上打仗靠的是弓箭，目前軍內箭數不夠，要他監工在十天內造出十萬枝箭。諸葛亮明知周瑜是在為難自己，但他一口答應了，並立下了軍令狀——三天內交貨，否則受軍法處置。

第三天晚上，諸葛亮和魯肅帶着二十條特別準備的船向北駛去。那晚

江面上大霧瀰漫，**伸手不見五指**。五更時分，船隊駛近曹軍水寨後一字擺開，士兵擂鼓吶喊。曹操得知吳軍來犯，傳下命令：「大霧之下敵軍突然殺到，虛實不清，估計有埋伏，不可**輕舉妄動**，弓箭手出動射殺，別讓敵船靠近寨營。」

於是曹軍的一萬名弓箭手一齊向江中射箭，箭如雨下。等到天明霧散時，吳軍的船隊突然停止擊鼓，掉頭急駛而去，船上的士兵們齊聲高喊：「謝丞相賜箭！」曹操聞聲出營觀看，只見東吳船隊的每艘船上都豎立着插滿箭的草把子！曹操這才醒悟原

來自己上當受騙，為敵軍提供了數萬枝箭，他**頓足大罵**：「這一定是諸葛亮這小子想出來的盜箭計！」但現在再追也來不及了。

大意中計

曹兵多為北方人，在南方水鄉**水土不服**，很多人染上瘟疫，影響了士氣；而且生活在搖擺不定的船上，很多人暈船不適，嘔吐不止，削弱了戰鬥力。曹操看在眼裏，急在心中。這時有人獻上一條「連環船」的計策——用鐵鏈把船隻連接起來，鋪上木板，戰船就猶如平地，減少了顛簸，士兵的情況就大為改善。解決了這個大難題，曹操**躊躇滿志**，認為**勝券在握**。

程昱卻提醒曹操說：「如此把船隊連在一起，萬一東吳用火攻，就要

遭殃了！」

曹操説：「現在冬季颳西北風，東吳在我們南面，他們用火攻反而會燒了自己，周瑜不會那麼蠢的。」

那邊周瑜和諸葛亮的確**不約而同**都想用火攻，但是怎樣才能靠近曹營船隻去放火呢？東吳大將黃蓋**主動請纓**，説他可假扮投降接近曹營。

於是在周瑜這裏就上演了一場苦肉計——黃蓋假裝懼怕曹軍強勢，不主張迎戰，出言不遜，被周瑜斥他戰前擾亂軍心，下令棒打百下。五十下後黃蓋已經**皮開肉綻**，暈死過去，眾將求情後才免了餘下的五十下。後

來黃蓋寫了一封投降書託好友送到曹營。曹操起初不相信，派密探潛入東吳打聽虛實，東吳全軍上下都在紛紛議論黃蓋被打這件大事，而且黃蓋還設法把一些不重要的軍情資料幾次傳去曹營，於是曹操便**信以為真**。

那時是公元208年12月，天天颳西北風，周瑜擔心火攻會對東吳不利，但是諸葛亮根據氣象規律，算準嚴寒多日之後會回暖幾天，風向會改變。所以他**胸有成竹**，要周瑜在南屏山設壇三日，他在壇上作法，保證三日內借來東風助戰。

黃蓋也與曹操秘密約好受降的時

間和標識。曹操滿心得意，認為黃蓋來降是對孫權的沉重打擊，就更增強了他取勝的信心。

諸葛亮祭壇的第三日夜晚，果然風向轉了，東吳的軍旗被東南風吹得向西北獵獵飄動。周瑜大喜，趕忙下令出動水兵，並讓黃蓋迅速通知曹操，說是今夜二更他將帶着幾名東吳大將的頭顱以及滿載軍糧的船隊前來，以青龍牙旗幟為標記，要曹軍接應受降。

程昱注意到風向的變動，再次提醒曹操說：「起了東南風，要提防敵人火攻啊！」

曹操**不以為然**：「冬季颳的都是西北風，可能是一陣短時間的東南風，不必擔心。周瑜不會冒險火攻的。」

到了約定的二更時分，曹操率領眾將聚集在司令船上等候。不久，果然見江面上隱隱約約駛來一支船隊，船頭青龍牙旗飄揚，還高掛着「先鋒黃蓋」四個大字。曹操**笑逐顏開**，但是細心的程昱卻發現了問題，說：「裝滿糧食的船應該吃水深，比較平穩；但是這些船吃水很淺，輕飄飄地行駛得很快，不對呀！千萬不能讓他們靠近！」

曹操一經提醒，也覺得有異，連忙命令巡船上前去盤問。

說時遲那時快，黃蓋船隊的二十艘船同時點起火把，船身似飛箭般直插入曹軍水營。船隊上裝滿乾柴草和硫磺、桐油等易燃品，點燃後便**一發不可收拾**。火借風勢，把曹軍的連環船燒成火海一片，赤壁懸崖被大火燒得通紅，黑夜如同白晝。孫劉聯軍趁勢渡江，從赤壁的左、中、右三面圍殺，曹兵不是被殺死、燒死，就是墮入水中淹死，幾十萬曹軍即刻**潰不成軍**。

曹操見大軍崩潰，不再戀戰，命

令士兵把剩下的戰船燒毀，不留給敵
人，自己帶着敗兵殘將坐小船逃命。

在吳兵緊緊追趕之下，曹操一行
棄船騎馬向西從烏林要奔江陵，但路
途遙遠。在烏林和葫蘆谷兩個路口曹
軍分別遭到趙雲和張飛的襲擊，曹操的
部下死命抵擋，讓曹操繼續逃亡。烏
林一帶是沼澤地，泥濘不堪，馬匹難
以行進，曹操命士兵搬來柴草鋪路，
混亂中又有不少士兵葬身在泥沼中。
狼狽不堪的曹操仰天長歎：「若是郭
嘉還在，我不至於敗得這麼慘！」

萬般艱難走過了泥沼地，到了華
容，這裏地勢比較平坦，但是一行人

已精疲力盡，累得都在大口喘氣了。曹操鬆了一口氣，在馬上**揚鞭大笑**，部下問他為何事大笑，他說：「人們都說周瑜、諸葛亮**足智多謀**，依我看還不是平庸之輩。假如他們在這裏再設埋伏，我們就真的無力抵抗了。」

他的話音未落，只聽得前面大聲吶喊，**威風凜凜**的關羽手提青龍偃月刀騎在赤兔馬上，帶領五百騎兵擋住了前路！

這下曹操驚得掉了魂，以為今次一定是死路一條了，手下僅剩的二十多名部將也都嚇破了膽。曹操身邊的程昱還較鎮靜，他輕聲提醒曹操說：

「關羽是很講情義的，丞相以前待他不錯，料必能向他求個人情。」

看來也只能如此了。曹操趨前向關羽作拱說：「我自知已無路可逃，還請將軍念舊日之情……」

關羽回答說：「丞相待我之厚恩，已以斬殺顏良、文醜作了回報，但是軍令在身難違啊……」

「將軍離許都時一路斬了我軍六人，是我下令不再追殺的。將軍素來以義為重、以仁為道，今次怎能**背道而馳**，還望將軍高抬貴手……」

其實，關羽心中也很矛盾，他歎了一口氣，策馬側閃，讓出一條路，

放走了曹操等人。回營後關羽準備聽候軍法處置，劉備為他求情，諸葛亮就**順水推舟**免了他的罪。事後諸葛亮對劉備說，他早就料到關羽會這樣做，所以安排他在最後一道關口，讓關羽還了曹操這段人情。

第四章
據關中冊立魏王

——— 平定關中 ———

赤壁一戰，曹操損失慘重，丟了一半兵力。他留下曹仁、徐晃守江陵，夏侯惇守襄陽，張遼守合肥，自己率領軍隊返回許都。雖然遭此挫折，但曹操的實力還是比較強；劉備趁亂奪取了荊州南部武陵、長沙、桂陽、零陵四郡，實力大增；而孫權也穩定了他在東吳的統治，初步形成了三分天下的局面。

建安十五年（公元210年），曹操

聽說東吳大將周瑜病逝，就想南征雪恥，但是又擔心西邊西涼的軍閥馬騰會乘機來襲擊。荀攸出了個主意，建議他假意下詔書要馬騰來見獻帝。

馬騰**不虞有詐**，帶了兩個兒子來到許都，全被殺害。留守涼州的長子馬超聯合關中地區，共十部軍閥一起叛變，與馬騰的義兄弟韓遂帶領二十萬大軍朝長安殺來。

眼見大軍直撲過來，曹軍都覺得壓力很大，但是曹操卻感到高興，他說：「關中地區廣闊，如果各地軍閥堅守，我們要花上一兩年時間一一擊破；如今他們一起前來，人數雖多但

內部不團結，我們的勝利指日可待，所以是值得高興的事！」

曹操命曹洪十天內要守住潼關，等他親自帶兵去增援。年輕的馬超**義憤填膺**、英勇無比，攻破了潼關，一連打敗了曹軍幾名大將。及至第九日，曹洪還失守，曹操氣得幾乎要把他處死。

曹操親自帶兵上陣，但也抵擋不住西涼軍的衝鋒，曹兵四散逃跑，混亂中曹操聽得敵兵在說：「快找曹操，是穿紅袍的！」他急忙脫下身上顯眼的紅袍；敵兵還說：「曹操留有長鬍鬚，好找！」他就急忙割掉自己

的長鬍子，又扯來一面軍旗胡亂裹住
頸項想溜走，但被馬超識破緊追，在
這緊急關頭，幸虧曹洪出來擋住了
馬超，曹操才得以逃走。曹操歎道：
「若是我那天處死了曹洪，今天就死
在馬超手中了！」

　　第二天曹操指揮隊伍渡黃河，馬超又來追殺，曹操跳上小舟逃跑，當地縣令放出牛羊羣擋住了馬超，曹操這才**有驚無險**又逃過一關。

　　謀士賈詡向曹操獻策，**用計離間**馬超和韓遂。二人果然中計，馬超以為韓遂勾結曹操背叛他，兩人自相殘殺大打出手，曹操趁機發兵進攻，打敗涼州軍，馬超想割地求和，曹操沒答應，馬超就投靠了漢中（今陝西南部，上連關中）的張魯。

　　這樣，張魯就不安了，他怕曹操趁勝南下打他，就決定先吞併益州來壯大自己實力。益州牧劉璋面對蠢

蠢欲動的張魯慌了手腳，謀士張松建議投靠曹操。張松帶了益州地圖去見曹操，但是張松外表粗魯，不討人喜歡，而且他**出言不遜**，諷刺曹操的軍隊無能，怒火中燒的曹操把他趕出了門。張松一氣之下建議劉璋與劉備合作，使曹操失去了入主蜀地的機會。隨後劉備以武力打敗了劉璋，奪取了益州，再以計謀離間張魯和馬超，讓馬超成為麾下猛將。

曹操繼續派兵西征，兩年內消滅了馬超殘部，並橫掃了羌、氐等異族，平定了涼州地區。這樣，基本上已構成了魏國的版圖。

爭奪漢中

曹操見劉備取得了益州，心中很不安。他知道劉備下一步必定要攻取漢中，因為漢中是益州門戶，沒有漢中就得不到蜀地。所以曹操要**先下手為強**，於建安二十年（公元215年）三月，他親領十萬大軍征伐張魯。陽平關失守，張魯投降，曹操取得漢中。

東吳孫權想向西、北面擴展，多年來一直**覬覦**長江中下游要地合肥，建安十三年（公元208年）孫權就曾經親自率軍去圍攻，誤信了曹軍蔣濟說有四萬援軍將至而撤兵。現在孫權見曹操把大半兵力投入漢中戰，削弱了

對合肥的防守，就趁機率領十萬兵力進攻合肥。當時合肥守軍只有七千，由張遼、李典、樂進三人防守。但是曹操預料到孫權會趁機來犯，出征張魯前就派人送信到合肥，説：「等敵人來到時打開」。

東吳軍來犯，合肥守軍打開信，信中要張遼、李典出城迎敵，樂進守城，護城軍隊不得參戰。將領們很猶疑，以少數兵力怎能出城抵擋十萬大軍？但是張遼看懂了曹操心思，説：「主公是要我們趁敵軍尚未集結好隊伍就主動出擊，打擊他們的鋭氣，之後就穩穩守城，等待援軍。成敗就在

此一戰，大家別猶豫了，趕快準備作戰吧！」

張遼鼓動起守軍的戰鬥熱情，大家連夜徵兵八百。第二天清晨張遼**身先士卒**，手持兵戟帶領士兵衝出城門，直奔吳營。張遼一連砍倒十幾人，殺了兩員吳將。東吳士兵**猝不及防**，被打得**落花流水**，孫權也被迫逃到山頭上，張遼呼喊他下來迎戰，孫權不敢動彈。後來東吳軍見張遼身邊士兵不多，就聚攏過來要圍殺他，張遼奮力衝出重圍，但當他聽到沒能衝出的曹兵在呼喊，就又回過頭去救援。曹兵有感於張將軍的義勇，紛紛

抖擻精神重新投入殺敵，最終東吳軍只得敗退。

合肥之戰使張遼**聲名大噪**，東吳士兵對他**聞風喪膽**，老百姓還用他的名字來嚇晚上啼哭不止的孩子，留下了「**張遼止啼**」的典故。次年，曹操親領部隊攻打濡須口的孫權，迫使他主動議和。

劉備也想把漢中作為佔領中原、進一步一統天下的據點，容不得曹操奪了漢中，於是出兵陽平關，要奪回漢中。初期曹洪以五萬大軍擊退劉備，後來戰場轉移到了定軍山，劉備攻擊漢中東側的張郃，鎮守漢中南部的夏侯淵

派兵救援張郃，劉備的老將黃忠趁機出戰，斬殺了夏侯淵；劉備也打敗了張郃，從曹操手中奪回漢中。

曹操不甘心就此失去漢中，親自率軍反撲，但敵不過劉備的強大攻勢，自己也受了箭傷，只好退到斜谷道。曹軍多次挑戰劉備，劉備堅守不出戰，雙方相持多月，曹軍**人心渙散**，沒有了戰鬥力。曹操進也不得、退也不得，陷入兩難境地。一晚，曹操正在**冥思苦想**下一步行動，廚師送來一碗雞肋湯，正好部下來請示此夜的軍令，曹操隨口就說：「雞肋！」眾人不得其解，主簿楊修笑道：「雞

肋之意是**食之無味、棄之可惜**，看來是要撤軍了，我們早做準備吧！」果然不久曹操便下令清空漢中，放棄它，撤回中原。所以，曹操說「雞肋」可解釋為他撤走了漢中的五萬氐族村落的百姓和財物，讓漢中成為一塊「食之無味、棄之可惜」的雞肋。

劉備得到漢中後，於建安二十四年（公元219年）七月自立為漢中王，返回成都。他一方面整治內部，另一方面開始發動對曹操的攻勢。

曹操得到劉備自封漢中王的消息後**暴跳如雷**，大罵道：「這個不知天高地厚的小人想與我**平起平坐**？真

是痴心妄想！」軍師司馬懿勸他稍安勿躁，建議道：「以前劉備聯合孫權來對付我們，現在我們也可與孫權**聯手**，一起對付劉備。我們可唆使孫權奪荊州，等劉備發兵援救荊州時我們就進攻漢中，想必劉備**兩面受敵**，無

孫曹

法抵擋。」曹操派說客去勸說孫權，孫權本來有些猶疑，但是因為關羽傲慢地拒絕把女兒嫁給其子，孫權大怒，加上他也早有心取得荊州，就接受曹操的建議，決定合作。

劉備令駐守江陵的關羽發兵，拿下了襄陽，再攻打曹仁鎮守的樊城，樊城危急，曹操令于禁和龐德前去救援。天助關羽，連日大雨令漢水氾濫，于禁的兵營都陷入大水，全軍覆沒，只得投降，龐德拒降被關羽斬殺。

在此危急關頭，孫權派大將呂蒙領兵三萬渡長江北上，拿下荊州。關

羽急忙南下，想奪回荊州，但經過長途跋涉士兵勞累，很多人四散逃跑，行軍到荊州北面的麥城時身邊只剩幾百人。關羽寡不敵眾，與兒子關平一起被俘。孫權趕到麥城，殺了關羽，把他的首級送到曹操處，曹操以王侯之禮下葬關羽。

連年混戰，漢中在曹劉之間來回易主，最終落在劉備手中；孫曹則瓜分荊州。

冊封魏王

早在公元212年，有些官員就建議說，應該把**勞苦功高**的丞相曹操晉升為公爵，並加九錫——皇帝給予九項

特別恩賜*，能獲得皇上賜予的這最高殊榮，也代表此臣**功勳蓋世**，有資格取得天下了。

曹操當然是滿心喜歡，**志在必得**；絕大部分文臣將領也認同，唯獨以漢臣身分輔助曹操的尚書令荀彧不贊同，認為曹操的初心是**鋤奸安國**，忠貞於漢室，不應相悖，所以此事就擱置下來。荀彧也是曹操的軍事參謀，竟然不支持這項建議，曹操因此對荀彧很不滿。

*九錫恩賜包括一錫車馬，二錫華服，三錫虎賁（武裝衛隊），四錫樂器，五錫納陛（登殿正堂的特別台階），六錫朱戶（紅色大門），七錫弓矢，八錫斧鉞（代表權力），九錫秬鬯（黑黍酒）。

　　謠傳荀彧正是在公元212年服毒身亡，如此結局使人猜疑。傳聞荀彧是收到曹操派人送來的一個空盒後才出此下策，莫非曹操是指荀彧已經對他若空盒般無用了？

　　建安十八年（公元213年）六月，獻帝被迫封曹操為公爵，是為魏公，封國建號為魏，以冀州的十郡作為封國疆土，於鄴城建都，擴建魏王宮銅雀台，是為魏公國。在曹操之下設置丞相、太尉、大將軍等百官，曹操享有天子之制，獲得「參拜不名、劍履上殿」的特權。

　　為了鞏固自己與皇室的關係，曹

操把自己的三個女兒獻給獻帝成為貴人。他查清了伏皇后涉及的謀反案，把皇后和兩位皇子以及伏氏共一百多人處死，當皇后向獻帝求情時，獻帝回答：「我自己都不知能活到何時⋯⋯」。第二年，曹操的一個女兒晉升為皇后，統領後宮，曹操成為漢獻帝的**岳父大人**，身分更加尊貴。

公元216年五月，漢獻帝迫於壓力，更冊封曹操為魏王，有邑三萬戶，位置高於諸侯，奏事可不稱臣，受詔可不拜；服飾、旌旗、禮樂、祭祀都可依照漢制。

如此，曹操雖無天子之名，卻已

有**天子之實**。後來，曹操把中郎將的兒子曹丕，定位為魏王世子，確定了他的繼承地位。

孫權殺了關羽取得荊州後，曹操上表他為驃騎將軍和荊州牧。孫權派遣使者進貢朝廷，向曹操稱臣，並上書建議曹操自稱大魏皇帝取代漢朝。

曹操把孫權的信給大臣們看，說：「孫權想把我放在爐火上烤啊！」大臣們也勸他可如此做，曹操回答：「若是天命在我，那我寧可當周文王。」意思是若是他有當皇帝的命，還是像周文王那樣，讓兒子去當吧！

　　如此，曹操一生沒有稱帝。公元220年三月十五日曹操病逝，享年六十六歲，曹丕繼位，追諡為武王。十月底，迫於大臣們聯名上書要求，獻帝讓位給魏王曹丕，是為魏文帝，追尊曹操為武皇帝。東漢王朝結束，建立魏朝，遷都洛陽。

第五章
治世能臣亂世奸雄

治理有方

縱觀曹操一生，澄清政治、安定天下一直是他的理想。前期一心為朝廷**剿匪鋤奸**，忠心維護漢室；後期自挾天子以令諸侯開始，野心膨脹，篡奪朝廷大權，一心想消滅其他諸侯一統天下。但是無可否認，他在十七年間征戰軍閥，消滅割據勢力，統一了長江上下游以北地區，為曹丕建立魏國以及日後西晉統一中國奠定了基礎。他掌權期間，在整治政治、經濟

方面極富智慧，施展了**雄才大略**，作出傑出成就。

東漢末年，軍閥連年混戰，造成地方割據、土地荒蕪、糧食歉收，民不聊生。曹操在行軍路上見到道路兩旁的廣大田野一片荒涼，而路上都是**倉惶出逃**躲避戰亂的難民，不時還見飢餓的百姓倒斃在路邊⋯⋯從幾次戰役中曹操也有斷糧的慘痛教訓，最困難的時候士兵甚至要採摘桑葚漿果或挖掘螺蚌充飢，曹操深感着手農業改革、增產糧食的重要。

於是曹操在許昌實行**屯田制**，士兵在休戰期間耕作，開荒種糧；把

土地和耕牛發放給百姓，減輕稅收；並興修水利，復耕土地，結果糧食豐收，人口增加，恢復了社會經濟，使曹操的實力大增，得以征戰諸侯及異族，統一北方，穩定了東漢局勢。

曹操掌握政權後，全面推行法治，抑制不法官吏和豪強，提倡廉潔，他**以身作則**，生活簡樸，也不准後宮婦女穿着錦繡華服。如此改變了東漢以來的奢華之風，使中央到地方的政治面貌和社會風氣都有好轉。

曹操熟讀古代兵法，曾撰寫《兵書接要》、《孟德新書》和《孫子略解》等書，結合自己實戰經驗詮釋孫

子兵法。他把軍事結合政治與外交手段，作戰時在戰略戰術上靈活多變，往往能以弱勝強，**出奇制勝**。他治軍嚴謹，紀律嚴明，對自己也不例外。

有一次行軍途中，他傳令隊伍不能踐踏麥地，違者斬首。騎兵都下馬行走，但是曹操的坐騎突然受驚，竄進麥田踐踏了一小片麥子。士兵們都

大驚，只見曹操堅定地説：「我制定的法令不能違反，踐踏了麥地就要斬首，但一軍之統帥沒完成任務之前不能死。」於是他用劍割下一綹頭髮代表施以刑罰，眾將領為之**肅然起敬**。

曹操還規定後宮的人一律不得干涉朝政，更曾告誡兒子曹彰「居家為父子，受事為君臣」。三子曹植才華過人，一向**恃才嬌寵**，常常做一些違法亂紀的事惹得曹操不高興，也是他最終失寵的原因之一。有一次，曹植私自坐馬車開了王宮大門「司馬門」外出，曹操知道後大怒，説：「誰開了那道門，就得處死！」下車開門的

是曹植的馬車夫，就做了替罪羊，曹植為他求情也沒用。

用人唯才

曹操**求賢若渴**，公元210至217年間曾經三次下求賢令。赤壁之戰後他曾公開向天下招納人才，他的標準打破常規，求賢不拘品德、不論出身，「唯才是舉，我得而用之」，所以很多有本領的人都來投靠他。曹操手下人才濟濟，文武將領都是一流人物，荀彧、郭嘉、程昱、賈詡等謀士幫他出謀劃策，夏侯惇、夏侯淵、張郃、張遼、于禁、徐晃等武將衝鋒陷陣，

都在曹操建立霸業中起了重要作用。

但是曹操驕矜自恃，**心胸狹窄**，若是部下太強，風頭超過自己，便於他不容；或是不聽命於他，違背了他的意志，便要除之以快。這是曹操性格中多疑詭詐、殘忍粗暴的一面。典型的事例就是他如何對待主簿楊修和神醫華陀。

楊修聰明絕頂，很會**揣摩**曹操的心思。有一次，曹操帶楊修去看他新建的相國府，大宅修建得很漂亮，但是曹操在大門上寫了個「活」字，手下人都莫名其妙，只有楊修**一語道破**說：「丞相是嫌門太**闊**了！」

　　曹操把一盒酥餅給大家，蓋上面寫了「合」字，各人都不知道這是什麼意思。楊修卻大大咧咧打開盒子拿起酥餅就吃，說：「丞相寫了『一人一口』呀，快吃吧！」

　　還有一次，楊修跟隨曹操外出，路過紀念東漢孝女曹娥的一塊石碑，上面有：「黃絹幼婦，外孫齏臼」

八字，曹操問楊修看懂了嗎，楊修說懂了。曹操要他先別說出來，讓他再想想。向前走了三十里路，曹操說：「我明白了！」他寫下答案，要楊修說他的答案。楊修解釋說：「黃絹是有顏色的絲，是『**絕**』字；幼婦即是少女，是『**妙**』字；外孫是女兒之子，是『**好**』字；辛辣的虀粉放在臼內，受辛之意，是『**辭***』字。」兩人的理解一樣。曹操感歎說：「我的頭腦不及你，差了三十里！」

曹操在斜谷坡進退兩難時把「雞肋」說成了口令，楊修就知道他想撤退了……**才智過人**的楊修太過張揚，

*辭古字為「辤」。

這件事使曹操終於**忍無可忍**，找個藉口把他處死了。

　　神醫華陀曾經用針灸減輕了曹操的頑疾——頭痛病，但是不肯留下來單獨為曹操服務。曹操一氣之下把他關進大牢，最後判處死刑。

　　曹操用人的功利觀念以及詭異殘暴的手段為世人**詬病**，留下了奸詐的形象。

多才多藝

　　曹操不僅是傑出的政治家、軍事家，還是優秀的文學家、書法家，是**東漢文學**的代表人物。他善用詩歌和

散文抒發政治抱負，反映人民悲苦生活，氣魄宏偉、意義深邃。如公元207年九月，曹操遠征烏桓回許都，此時的他意氣奮發、鬥志昂揚，途徑麗城西南的碣石山（現河北省樂亭縣），他騎馬登山眺望渤海，一時興起寫下了《**觀滄海**》一詩。

這首詩兼具寫景抒情言志，氣勢宏大、意境開闊，藉大海的壯偉寄託詩人建功立業的雄心壯志，呈現了詩人博大胸懷的霸氣，也是他今後想一步步實現一統天下的誓言。

再如赤壁戰大戰前夕，曹操認為勝利**唾手可得**，就召集文武百官飲酒

作樂，迎接近在眉睫的大捷，席間他寫了一首著名的言志詩《短歌行》：

對酒當歌，人生幾何！

譬如朝露，去日苦多。

慨當以慷，憂思難忘。

何以解憂？唯有杜康……

月明星稀，烏鵲南飛，

繞樹三匝，何枝可依？

山不厭高，海不厭深。

周公吐哺，天下歸心。

詩中再三詠歎時光飛逝，要自強不息；表達了自己求賢若渴，希望廣收能人，實現統一天下的雄心壯志。

曹操現存的三十三篇詩文都是精彩佳作。

《觀滄海》

東臨碣石，以觀滄海。

水何澹澹，山島竦峙。

樹木叢生，百草豐茂。

秋風蕭瑟，洪波湧起。

日月之行，若出其中。

星漢燦爛，若出其裏。

幸甚至哉，歌以詠志。

曹操的兒子曹植、曹丕也有深湛的文學修養，三人被世人稱為「三曹」，推動了東漢建安文學的發展。

曹操重視保護中華文化，在多年的軍閥混戰中，他仍注重收集官府和民間的藏書。封為魏公後，他設置了專門掌管典籍的官吏，逐步建立魏國的藏書館；並於公元207年用重金贖回被擄到匈奴的才女蔡文姬，囑她補寫她父親蔡邕的藏書四百多部。

回顧曹操一生，正是驗證了評論家許劭的預言**治世能臣，亂世奸雄**。對他讚譽也罷、唾罵也罷，但是無可否認，曹操是中國歷史上一位**名垂千古**的傑出英雄人物。

下一位出場的
人物是誰？

他 身高九尺餘，鬍子足有兩尺長。
他的武器是青龍偃月刀。
他義薄雲天，赤膽忠心。
他三番四次拒絕曹操的招降利誘。

欲知下冊人物故事，
且看《三國風雲人物傳7》！

三國風雲人物傳 6
曹操的雄才大略

作　　　者：宋詒瑞
插　　　圖：二三
責任編輯：陳奕祺
美術設計：李成宇
出　　　版：新雅文化事業有限公司
　　　　　　香港英皇道 499 號北角工業大廈 18 樓
　　　　　　電話：(852) 2138 7998
　　　　　　傳真：(852) 2597 4003
　　　　　　網址：http://www.sunya.com.hk
　　　　　　電郵：marketing@sunya.com.hk
發　　　行：香港聯合書刊物流有限公司
　　　　　　香港荃灣德士古道 220-248 號荃灣工業中心 16 樓
　　　　　　電話：(852) 2150 2100
　　　　　　傳真：(852) 2407 3062
　　　　　　電郵：info@suplogistics.com.hk
印　　　刷：中華商務彩色印刷有限公司
　　　　　　香港新界大埔汀麗路 36 號
版　　　次：二〇二二年十一月初版

ISBN: 978-962-08-7814-5